アイビー

図書館の
ぬいぐるみ
かします

わたしの
いるところ

作 シンシア・ロード　絵 ステファニー・グラエギン
訳 田中奈津子

ポプラ社

ジュリアへ
CL

めいっこたちへ
SG

もくじ ◆◆◆◆◆◆◆◆◆◆◆◆◆◆◆◆◆◆◆

1 アイビーと アン　5

2 図書館へ ようこそ　13

3 おもちゃの ものがたり　24

4 ファーンの きょうだい　42

5 アイビーと ムササ、なげられる　51

6 心づよい ともだち　63

7 パラシュートのように　72

8 ファーンの 気もち　80

9 かしだされるのは、すてきなこと　97

10 アイビーの 日記ちょう　105

◆◆◆◆◆◆◆◆◆◆◆◆◆◆◆◆◆◆◆◆◆

BOOK BUDDIES:
Ivy Lost and Found

Written by Cynthia Lord
illustrated by Stephanie Graegin

Text © 2021 by Cynthia Lord
Illustrations © 2021 by Stephanie Graegin

Published by arrangement with WALKER BOOKS LIMITED, London SE11 5HJ
through Japan UNI Agency, Inc., Tokyo

1
アイビーと　アン

　アイビーが　アンと　であったのは、アンの
たんじょう日パーティーでした。
　音楽が　ながれ、色とりどりの　ふうせんが
かざってありました。
　女の子が　きらきらした　目で、こちらを
うれしそうに　のぞきこんでいます。
　その　女の子が　アンでした。
「おにんぎょうだ！」
　アンが　大きな　声で　いいました。

そして、にんぎょうを　はこに
しばりつけている糸を　きったり、
ひもを　ほどいたりしました。
「アイビーって　名前にするわ。」
　アンは　黒い　おさげがみの　にんぎょうに
ささやきました。
　こうして、にんぎょうは
アイビーと　いう　名前になったのです。
　その日から、アイビーと　アンは、
いつも　いっしょでした。
　あたたかい日には、アンは
アイビーと　にわで　あそびました。
アイビーは　小さな　青い　ブーツで、
どろんこの　なかを　あるきます。

うすぐらい　雨の日の　午後には、アンは
アイビーの　ふくを　つくってくれました。

ぬのや　レースで、　やわらかい

ワンピースや　ズボンを　ぬいます。

のこりものの　毛糸で　セーターも　あみます。

　アイビーは　ぜんぶ　気にいりました。

　まどの外に　雪のふる、こごえるような

冬の夜には、アンは　アイビーを　毛ふで

くるみ、おとぎばなしを　読んでくれました。

　アイビーが　いちばん　すきなのは、

どんな　おはなしでも、

「そして　ずっと、しあわせに　くらしました。」

と　いうところです。

　アンは　ねむるまえに、

だれにも　いったことのない　なやみや、

たのしみに　している　ことを、アイビーに

そっと　はなしました。

アイビーは　いつだって　耳を

かたむけました。

　こんな毎日が　かわってしまうなんて、

アイビーは　ゆめにも　思いませんでした。

　アンは　大きくなると、にわで

あそばなくなりました。

　アイビーの　小さな　青い　ブーツは

きれいなまま　よごれることも

なくなりました。

　アイビーの　ふくは　ずっと、おなじ

白い　ズボンと　はい色の　セーターでした。

　こごえるような　冬の夜でも、

アイビーは　たなに　すわったままでした。

　アンが　ねむっているあいだ、まどの外に

雪が　ふるのを　ずっと　見つめていました。

ほうっておかれるって、つらいなあ。

　わすれられるって、こんなに　かなしいんだ。

と、アイビーは　思いました。

　ある日、アイビーは　やねうらべやへ

つれていかれました。

　そして、ふるい　ようふくの

はいった　はこに　いれられました。

　アイビーは　ねむりにつきました。

思い出が　ゆめのように　うかんでは

きえていきます。

　たんじょう日パーティーのこと、

にわで　あそんだこと、あたらしいふくのこと、

こごえるような　夜に

毛ふに　くるまったこと。

　これまでの　できごとが

なんども　なんども、頭に　うかんできました。
　そして　ある日……。
　ふたたび、はこの　ふたが　あきました。
　アンの　目は
おとなっぽくなっていましたが、
きらきらと　うれしそうです。
「アイビー！　ひさしぶりね」
　アンは　大きな　声で　いいました。

2

図書館へ ようこそ

　アイビーは、アンの　バッグから
顔を　だしています。
まっくらな　はこから　でてきたばかりで、
あたりは　まぶしすぎます。
　でも、見るものが　たくさん！
　よこに　ながい　本だなや　せの高い
本だなに、本が　ぎっしり　つまっています。
かべには　ぴかぴかの　ポスター。
それに、ぬいぐるみや　にんぎょうが
ならんでいる　たなも　あって、

〈ブック・フレンド（本の　ともだち）〉
と　かいてあります。

　ここには　子どもたちが　おおぜい　います。

　アイビーは、こんなに　たくさんの　子どもを
見たことが　ありません。

　ゲームを　している子。小さな　テーブルで
ジグソーパズルを　している子。
ビーズクッションに　すわって、
おとうさんや　おかあさんに　本を
読んでもらっている子も　います。

「図書館へ　ようこそ。あと5分で、
　おはなしの　時間ですよ。
　きょうは、クマさんの　本です。
　ウォー！　って　ほえる　じゅんびは
　いいですか？」

アンが　みんなに　いいました。

　アンは　アイビーを〈ブック・フレンド〉の
たなに　つれていきました。

　かみを　ふたつに　むすんだ　小さな
女の子が、ぬいぐるみの　ユニコーンの
しっぽを、ぽんぽん　たたいています。

「こんにちは、ソフィー！　すごいこと
　教えてあげる。きのう　わたし、かあさんを
　てつだって、やねうらべやを　そうじしたの。
　そしたら、なにが　見つかったと　思う？」

　アンが　女の子に　いいました。

　アンは　バッグから、アイビーを
とりだしました。

「わたしの　ふるい　おにんぎょう、
　アイビーよ。」

ふるい　おにんぎょう？

アイビーは　がっかりしました。

「きょうから〈ブック・フレンド〉の

　なかまいり。だれでも　アイビーを

　かりていって、本を　読んであげていいのよ。

　わたしが　するみたいにね。」

でも、アイビーは、かしだされるのなんて

いやでした。

　アンと　いっしょに　いたいのです。

アンの　だいすきな　にんぎょうに　もどって、

また　あそびたいのです。

　ソフィーは　にっこり　しました。

「〈ブック・フレンド〉の　みんなに、

　こんにちは　しなくちゃ。」

「そうね！　アイビー、こちら　クマくんよ、

　こんにちは。」

　アンは、黒<ruby>い<rt>くろ</rt></ruby>　はなをした　茶色<ruby>い<rt>ちゃいろ</rt></ruby>　クマに、

アイビーを　ひきあわせました。

　つぎは、黄色<ruby>い<rt>きいろ</rt></ruby>　ひよこを　つれた、

白<ruby>と<rt>しろ</rt></ruby>　黒<ruby>の<rt>くろ</rt></ruby>　ふわふわの　めんどりです。

「めんどりの　コッコと、ひよこの　ピッピ。」

　クマくんと　コッコは　やさしそうでした。

ピッピは　いたずらっぽい　目を　しています。

　アイビーは　みんなのことが

すきに　なりました。

　茶色い　はねの　フクロウは、するどい目を

黄色く　ひからせています。

　アイビーは　ちょっと　こわかったのですが、

にっこり　わらってみせました。

「この子は　キラリ！　キラリは　男の子なの。

　まほうの　おはなしが　すきなのよ。」

　ソフィーが　ゆびさしたのは、

きらきらひかる　ピンク色の　しっぽをした、

白い　ユニコーンでした。

　はい色と　白の　ムササビは　ムササ。

そのとなりには、毛糸の　ベストに

どんぐりの　ぼうしを　かぶった

小さな　ネズミが　います。

「この　ネズミの　名前は　マルコ・ポーロ。

　たんけんが　すきなの。」

　アンが　いいました。

「そして、この子が　リリー。

　あたし、リリー　だいすき！」

　ソフィーが　いいました。

リリーは　アイビーと　おなじく

にんぎょうでした。

金色の　かんむりを　かぶり、ながい　かみは

おひさまのように　かがやいています。

ごうかな　むらさき色の　ドレスは、

むなもとに　レースが　たっぷり。

　おひめさまです！

おとぎばなしに　でてくるような、おひめさま。

「あなたたち、おともだちに　なれそうね。

　リリーは　うれしいでしょう、図書館に

　おにんぎょうが　もうひとり　ふえて。」

　アンが　いいました。

　まさか、と　いうように　リリーが

小さく　ふん、と　いったのを、

アイビーは　きいたような　気が　しました。

アイビーは　いままで、
自分の　黒い　おさげがみや、にわを　あるく
小さな　ブーツや、手づくりの　ズボンや、
はい色の　セーターが　だいすきでした。
　でも、リリーの　となりに　いると、
すごく　みすぼらしい気が　してきました。
ちっとも　ごうかじゃありません。
　アンは　アイビーを、めんどりの　コッコと
ユニコーンの　キラリの　あいだに
おきました。
「クマくん、いらっしゃい！　きょうの
　　おはなしの　時間は、あなたが
　　とくべつゲストよ。さいしょの本は、
　　『くまさん　くまさん　なに　みてるの？』。」
　アンは　茶色い　クマを　だきあげて、

かたに　のせました。

　クマくんは　ほかの　ぬいぐるみたちに、

にこっと　わらいかけました。

　ふたりは　おはなしの　へやへ

行ってしまいました。

　わたしも　おはなしが　ききたいなあ。

と、アイビーは　思いました。

　目を　とじて、　いっしょうけんめいに

きけば、

もしかしたら……。

「行っちゃったかい？」

　とつぜん、ひくい　声が

きこえました。

3

おもちゃの ものがたり

「ああ、足が いたい。

　ながいこと、じっと すわっていたから。」

　ユニコーンの キラリが のびを して、

ひくい 声で いいました。

「また おひめさまの おはなしだったら

　よかったのに。」

　リリーが ふまんそうに いいました。

「このまえは バレンタイン・デーの

　お茶会のときだったわ。アンは わたしを

　すてきな いすに すわらせてくれて、

ようせいの　おはなしを──」
「はいはい、もう　何回も　ききましたよ。」
　めんどりの　コッコが
コッコッコッと　いいました。
「それより、おぎょうぎが　わるいわ、
　あたらしい子が　きたっていうのに！」
　コッコは　アイビーを
やわらかい　つばさで　つつみました。
　アイビーは　はずかしそうに　コッコに
ほほえみかけました。
　アイビーは、みんなと
ともだちに　なれるでしょうか？
　この　あたらしい　場所のことを、
教えてもらえるでしょうか？
　アイビーは、アンの　ほかには、いままで

ともだちは　いませんでした。

「あんたは　だれじゃ、ホー？　あんたの

　ものがたりは　どんなのじゃ、ホー？」

　フクロウさんが　ホーホー　いいました。

「わたしの　ものがたり？」

　アイビーは　ききかえしました。

　ムササビの　ムササが　うなずきました。

「どんな　おもちゃにも、

　ものがたりが　あるでしょ。

　ぼくは　フリーマーケットで　うられたの。

　そのまえは、木から木へ　とんでたんだ。」

「子どもが　なげただけじゃよ、ホー。

　ムササビと　いうのは、ほんとうは

　とばないんじゃ。フクロウのようにはな。

　わしらフクロウは　上へ　とべるが、

ムササビは、下へ

とびおりるだけなんじゃ、ホー！」

フクロウさんが　いいました。

「ほんとうに　とべたんだよ。

　いくら　フクロウさんでも、しらないことは

　あるんだから。」

　ムササは　ぼそっと　いいました。

　小さな　ネズミが、アイビーの　セーターの

はしを　くいっと　ひっぱりました。

「ぼくは　クリスマスツリーの

　かざりだったんだよ！

　アンが　糸を　きってくれたから、ほんものの

　おもちゃに　なれたんだ。

　マルコ・ポーロって　名前も　つけてくれた。

　ぼくが　ゆうかんな　たんけんかだからって。」

「わたしは　新品(しんぴん)だったの。

バレンタイン・デーの　お茶会(ちゃかい)のときに、

アンが　新品(しんぴん)の　わたしを

かってくれたのよ。だから、ツリーの

かざりだったわけでもないし、

だれかの　おふるだったわけでもないの。」

リリーが　いいました。

「しーっ。アイビーの　ものがたりが

ききたいんだからさ。」

ユニコーンの　キラリが　いいました。

リリーが、ふん、と　はなを　ならしました。

「わたしは、アンが　子(こ)どもだったころの

にんぎょうだったの。」

アイビーは「アンが　だいすきな　にんぎょう」

とは　いいませんでした。

みんなの　気を　わるくすると　いけない
と　思ったからです。
「それじゃ、ずいぶん　ふるいんだね！」
　ひよこの　ピッピが　ピーチク　いいました。
「ピッピ、ふるいなんて
　いうもんじゃありませんよ。
　ずっと　いっしょに　いたんだねって
　いいなさい。」
　コッコが　ピッピを　たしなめました。
「子どものころの　アンって、どんなだった？
　ぼくたちは　おとなの　アンしか
　しらないんだ。」
　キラリが　ききました。
「わたしは　アンの
　たんじょう日プレゼントだったの。」

30

アイビーは　はなしはじめました。

アンが　ふくを　つくってくれたこと。

いっしょに　にわで　あそんだこと。

こごえるような　冬の夜には、アンが

アイビーを　毛ふに　くるみ、おとぎばなしを

読んでくれたことも　はなしました。

「でも、そういうことは、いまは　もう

　ないけどね。」

　アイビーは、わすれられていたことは、

はなしませんでした。

　思いだすだけで、かなしくなってしまいます。

「いや、わからんぞ。わしは

　〈ブック・フレンド〉になってから、　じつに

　たくさんの　子どもたちと　いっしょに、

　毛ふに　くるまったからな、ホー。」

フクロウさんが　いいました。

　コッコも　うなずきました。

「かしだし期間は　2週間よ。

　ピッピと　わたしは　いつも　いっしょなの。」

「子どもたちは　ぼくたちと　あそんだり、

　本を　読んでくれたりするんだ。」

　キラリが　いいました。

「わたしは　メキシコへ　いったことが

　あるわ。　わたしを　かりた　かぞくが、

　夏休みに　つれていってくれたの。

　海へ　いったり、

　おふろに　つかったりしたのよ。」

　リリーが　じまんげに　いいました。

「ぼく、トイレに　おっこちたこと　ある！

　その家の　ママが、ドライヤーで

かわかしてくれた！」

ピッピが　とくいそうに　いいました。

「あれは　ひどかったわ！

トイレが　きれいだったから、

たすかったけれど！」

コッコが「コッコッコッ」と　いいました。

「かしだされるときは、いつも

あたらしい　ぼうけんなのさ。

子どもたちは　日記ちょうを　わたされる。

家で　おもちゃと　どんなことを　したか、

絵に　かいたり、文を　かいたり　するんだ。

だから、ぼくらの　ものがたりは

どんどん　ふえていく。」

ムササビの　ムササが　いいました。

アイビーは　にっこり　しようとしました。

かしだされるほうが、わすれられるより

ましみたいです。

　でも、だれか　ひとりの

おもちゃでいるほうが、

もっと　いいのではないでしょうか？

　きっと　ここにいる　おもちゃたちは、

そんなふうに

あいされたことが　ないのでしょう。

　だれか　ひとりの　ものになるより

　いいことはないわ。

と、アイビーは　思いました。

「あかんぼうに　かりられるのは、

　もう　ごめんだなあ。

　このまえは、よだれだらけにされちゃってね。

　ぼく、せんたくきで　あらえるから

よかったよ。」

　キラリが　いいました。

「こんどの　家には　ネコが

　いなければいいな。このまえは、もうすこしで

　たべられそうになっちゃったんだ！」

　マルコ・ポーロが　いいました。

「わたしは　ソフィーが　かりてくれるわ。

　わたしのこと、だいすきだから。

　ソフィーが　そう　いったの。」

　リリーが　いいました。

　フクロウさんの　耳が

ぴくっと　うごきました。

「みんな、しずかに！

　子どもたちの　声が　きこえる。

　もとの　いちに　もどるんじゃ。」

「ピッピ、はねを　ふっくらさせて！
えらんでもらえるようにね！」
コッコが　いいました。
アイビーは、えらんでもらいたく
ありませんでした。
だから、キラリの　大きな　しっぽに
かくれていようと、そばへ　よりました。

このまま　図書館に　いたかったのです。

　ここなら　いつでも　アンに　あえるし、

そうすれば、アンは　どんなに　アイビーが

すきだったか、思いだしてくれるでしょう。

　子どもたちが　へやへ　かけこんできました。

アイビーは　キラリの　しっぽの　かげから

のぞいています。

　どうか　えらばれませんように、と

いのりながら。

　ソフィーが、小さい　男の子と

大きい　女の子と　いっしょに、

ぬいぐるみの　たなに　きました。

小さい　男の子が、ムササビを　つかみました。

「ぼく、ムササ！」

　ソフィーは　おひめさまを

手に　とりました。

「あたし、また　リリーを　かりたい！」

　そう　いって、となりの　大きい

女の子のほうを　ふりむきました。

「ねえ、みて、ファーン！

　あたらしい　おにんぎょうが　いる。

　きょうだいごっこが　できるよ。

　あたしたちみたいな！」

　きょうだいと　いう　ことばに、

リリーが　ふん、と　はなを　ならしたのを、

アイビーは　ききのがしませんでした。

　ファーンは　首を　ふりました。

「わたし、にんぎょうあそびなんか　しないわ、

　ソフィー。」

　ふーっ！　あぶなかった。

ほかの　子どもたちも、

ぬいぐるみの　たなに　やってきました。

　アイビーは、キラリの　しっぽの　ふさの

あいだから　のぞいています。

　ひとりの　女の子が　フクロウさんを

だきしめました。

　男の子が　マルコ・ポーロを　つかんで、

ジグソーパズルの　はこを　のぼらせています。

　そのとき　べつの　女の子が　キラリを

とりあげて、うでに　かかえました。

　アイビーは　まるみえになりました。

「はやく！　この子を　かりてよ、ファーン。

でないと、だれかに　かりられちゃう！」

　ソフィーが　アイビーを　つかみました。

　アイビーは　ファーンの　目を

のぞきこみました。

　ファーンは　わたしを　かりたくないんだ。

「こっち　こっち！　かしだし　しなくちゃ。」

　ソフィーが　いいました。

　ファーンは　かしだしノートに　名前<ruby>な<rt></rt>まえ</ruby>を

かいて、アイビーを　手<ruby>て<rt></rt></ruby>にとりました。

　とうとう、アイビーは　かしだされたのです。

4

ファーンの きょうだい

　ファーンは、おとうさんも　おかあさんも
だいすきですが、りょうほうの　家を
行ったりきたりするのは、たいへんでした。
　おかあさんと　くらす　家では、ファーンは
ひとりっ子です。自分だけの　へやが　あって、
自分の　ものは　へやの　どこに　おいても
かまいません。ファーンの　ものは、だれも
とっていったり、うごかしたりは　しません。
　夜には、ペットの　犬の　ダスティが、
ファーンの　ベッドの　そばの

42

ゆかで　ねます。

　おとうさんの　家は　もっと　ひろくて、人が

たくさん　います。

　おかあさんと　わかれたあと、おとうさんは

ニコルと　いう　女の人と　けっこんしました。

ニコルママには　子どもが　ふたり　いました。

6さいの　ソフィーと、4さいの　イーサンです。

　おとうさんの家は、ファーンが

毎週　あそびにいくには　とおすぎました。

それで、ファーンは　ふだん、おとうさんとは

でんわで　はなしたり、絵や　しゃしんを

おくったりするだけでした。

　でも、学校が　ながい　休みのときや、

夏休みの　2週間は、おとうさんの　家へ

とまりにいくのです。

おとうさんの　家に　いるときには、
ファーンは　ソフィーと　いっしょの　へやを
つかいます。へやには　ソフィーの　ものが
あふれています。たんすの　下の　ひきだしが、
ファーンのために　あけてあることに
なっています。

　ところが、ファーンが　にもつを　しまおうと、
ひきだしを　あけると、からっぽだったことは
ありませんでした。

　いつだって、ソフィーが　かいた　絵や
らくがきした　紙が　はいっているのです。
ソフィーが　気を　つかってくれていることは、
ファーンにも　わかるので、
もんくを　いっては　いけない
と　思いました。

でも、心のなかは　もやもやしました。
おとうさんの　家には、ファーンの　ものは
なにひとつ　ありません。

　ひきだしの　ひとつも　ないのです。

　ファーンは　どこへ　行くにも、ソフィーと
イーサンと　いっしょでなければなりません。
ほんとうは　その日の朝、図書館へは
行きたくありませんでした。
おはなしの　時間は　小さい子むけで、
ファーンのような　8さいの子むけでは
ないのです。

　でも　ニコルママが、ひとりで　家に
おいていくわけにはいかない　と　いいました。

　そこで　ファーンは、親たちが　すわる
うしろの　せきに　すわりました。

アンが　クマの　でてくる　おはなしを
読み、子どもたちが　歌を　うたっているあいだ、
ファーンは　図書館に　あった、
ようせいの　家についての　本を
ながめていました。
　木の　えだや　まつぼっくりや、石や
はっぱなど、しぜんに　あるものを　つかって、
ようせいの　家を　つくる　ほうほうが
かいてありました。

すごく　おもしろそう！

おとうさんの　家の　まわりには、木が
たくさん　はえています。ようせいの　家を
つくるには　ぴったりです。

そうっと　外へ　でていけば、
ソフィーや　イーサンから、すこし
はなれていられるかもしれません。
「この本、かりていい？」

ファーンは　ニコルママに　小声で
ききました。

ニコルママは　にっこり　して、
「もちろん！」
と　いいました。

でも　ファーンは、にんぎょうを　かりるのは
いやでした。

　そもそも、にんぎょうと　いうものが、
あまり　すきではないのです。
　けれど、ソフィーが　なにか　したいと
いえば、いやだとは　なかなか
いえませんでした。
「あたし、ファーンと
　　おにんぎょうさんごっこするの！
　　ファーンのこと、ずうっと　まってたんだ！」

にんぎょうと　本を　かりているとき、

ソフィーが　アンに　いいました。

　アンは　ファーンに　わらいかけました。

「あなたが　アイビーを　いちばん　はじめに

　かりてくれるのね。アイビーは　ようせいの

　おうちが　だいすきになると　思うわ！

　外で　あそぶのが、ずっと　すきだったから。」

　アンは　ようせいの　家の　本と、アイビーの

小さな　日記ちょうの　バーコードを、

ピッとしました。

「うわあ、いい　かんがえ！

　おにんぎょうたちのために、

　ようせいの　おうちを　つくってあげる。

　森に　木の　えだや　まつぼっくりが

　いっぱい　あるから。」

ソフィーが　いいました。
「たのしそうね！
　日記ちょうに、どんな　ぼうけんを　したか
かいてちょうだいね。わくわくするわ。」
　アンが　いいました。
　ファーンは、ようせいの　家の　本を
ぎゅっと　だきしめて、かんがえました。
　ソフィーと　イーサンが　ほかの　ことに
むちゅうになるまで　まとう。
　そうすれば、こっそり　外へ　でて、
ひとりで　ようせいの　家が　つくれるもの。
「リリーに　キャンプ場を
　つくってあげよう！」
　図書館から　でるとき、ソフィーが
いいました。

5

アイビーと ムササ、
なげられる

　アイビーは　もう　ながいこと、外で
あそんではいませんでした。
ひさしぶりに　おひさまに　あたって、
あたたかくなりました。
そよかぜが　りょう手を　くすぐります。
まつの　はっぱの　クッションは、やわらかく、
いい　においが　します。
　アイビーの　となりでは、ファーンが
木の　かわや、小えだや、まつぼっくりや、
小石や、そのほかの　しぜんの　ざいりょうを

あつめていました。

「まだ　せい長している　とちゅうのものは、

　つかっては　いけないんだって。」

　ファーンは　大きな　声で　いいました。

　ファーンは　わたしに　はなしかけてるの？

　アイビーは　びっくり　しました。

　にんぎょうあそびなんか　しないって、

いっていたのに。

　ファーンが　えらんだのは、根のはった

オークの　木で、根と　根の　あいだの

くぼみが　ようせいの　家に　ぴったりです。

　大きな　まつぼっくりを　立てて、

かべを　つくります。

　まつの　えだを　上に　かければ、やねの

できあがり。

ファーンは　そのなかに、アイビーを
すわらせました。
　まるで　クリスマスのときの　においみたい、
と、アイビーは　木に　もたれかかりながら
思いだしました。
　アンは　いつも　小さな
クリスマスプレゼントを、アイビーのために
つつんでくれました。
　マフラーを　あんでくれた　年も　あります。
小さな　ティーカップと　おさらの、
ティーセットだったことも　あります。
そのつぎの年には、アイビーの　ふくを　いれる
小さな　たんすでした。
「もういっけんの　家には、
　ダスティって　いう　犬が　いるの。

いっしょに　こられたら　いいんだけど、

ソフィーは　犬の　毛を　すいこむと

くしゃみが　でるのよ。」

ファーンが　しずかに　はなしました。

ファーンは　わたしに　はなしかけてる！

　ふと　見ると、ファーンの　目に　なみだが

たまっています。

「ソフィーのことは　きらいじゃないの。

　わたしが　こまるようなことは　しないし。

　でも、ぜんぶ　ふたりで

わけなくちゃならないでしょ。

　へやを　いっしょに　つかうのは　いいけれど、

わたしだって、おとうさんを

ひとりじめしたいときが　あるのよ。

　ほんの　すこしの　あいだだけでもね。

だって、ソフィーは　ずっと　おとうさんと
いっしょに　いられるじゃない。」
　ファーンが　いいました。
　ファーンも　さびしいんだ。
　アイビーは　むねが　いたくなりました。
　ファーンの　ちからに　なりたいけれど、
どうしたら　いいのでしょう。
「ダスティに　あいたいな。
　ダスティは　わたしの　はなしを
　きいてくれるの。」
　ファーンは　小石を　ならべて、
ようせいの　家へ　つうじる　道を
つくりました。
　わたしだって　きいてるよ、
と　アイビーは　思いました。

「いつもは　にんぎょうあそびなんて

しないんだけど、あんたは　なんとなく──」

そのとき、とつぜん　大きな　声が　しました。

「ここだったの、ファーン！

　ずいぶん　さがしたんだよ！」

　それは　ソフィーと　イーサンでした。

　ファーンは　いそいで　なみだを

ぬぐいました。

「ようせいの　おうちを　つくるって、

　いってくれないんだもん！

　あたし、となりに、

　リリーの　キャンプ場を　つくるね！

　そしたら　おにんぎょうが　ふたりとも

　つかえるでしょ！」

　ソフィーが　いいました。

　ソフィーは、ファーンが　つくった

ようせいの　家へ　つうじる　小石の　道に、

リリーを　すわらせました。

「ムササは　木の　上まで　とべるんだよ！」

　イーサンが　ムササビの　ムササを

高く　ほうりあげました。

　ムササは　えだの　あいだを　ぬけ、

はっぱを　かすめました。

　どんぐりが、じめんに　ぱらぱら

おちてきます。

「たべもの　とってくれた！」

　イーサンは　うれしそうに　いいました。

　そして、おちてきた　ムササを

だきとめました。

　こんどは　もっと　高く　なげあげます。

　どんぐりが　もっと　おちてきました。

　ところが、ムササは　おちてきません。

「たいへんだ！

　えだに　ひっかかっちゃった！」

　イーサンが　さけびました。

「だいじょうぶ。たすけられるよ。

　なにか　ほかのものを　なげてごらん。

　そのはずみで　おちてくるから。」

　ソフィーが　いいました。

「アイビー、ムササを　たすけて！」

　イーサンが　ようせいの　家に

いた　アイビーを　つかんだ

ひょうしに、小えだの　やねが

くずれました。

　まつぼっくりの　かべも

ころころ　ころがります。

　イーサンは、つかんだ　アイビーで、

木_きの　えだを　ねらいました。

「イーサン、やめて！」

　ファーンが　大声_{おおごえ}で　いいました。

　でも、おそすぎました。

　アイビーは　いきおいよく

とんでいきました。

はっぱや　えだが　アイビーの　顔を
こすります。
　おもわず　目を　とじました。
　だれか、わたしを　つかまえて！
　すると、やわらかい　なにかの　上に、
どさっと　のりました。
　アイビーは　目を　あけました。
「やあ。」
　やわらかいもの……それは、ムササでした。
「ぼくたち、木の　上に　いるんだよ！」

6
心づよい ともだち

　アイビーは　ムササの　かたごしに、
じめんを　見おろしました。
　こんなに　高い　ところに　のぼったのは
はじめてです。
　もし　おちたら、手や　足が
こわれてしまうでしょうか？
　下では、スズメが　えだから　えだへ
とびうつっています。
　じめんに　あるものが、なにもかも
とても　小さく、とおくに　見えます。

子どもたちが　見あげていますが、
えだの　あいだから　アイビーのことが
見えているのかどうか、わかりません。
「あんたたち、どうして
　じゃまばっかり　するの？」
　ファーンが　ソフィーと　イーサンに
むかって、ぴしゃりと　いいました。
　そして、ぷいっと　せなかを　むけると、
家に　むかって　かけていきました。
　ソフィーは　ファーンを　おいかけました。
　イーサンも　ついていきます。
「わざとじゃないんだよう！」
　木の　下には、リリーが　のこされています。
　アイビーは　みんなが　もどってくるのを
まちました。

太陽が　西の空に　しずんでいくあいだも
まちました。
　コウモリが　かくれ家から　とびだして、
木の　下のほうを　とんでいるあいだも

まちました。

　コオロギが　コロコロコロ……と
なきはじめても　まちました。

　はるか　下の　じめんには　リリーが
いるのですが、こんな　夕やみでは、あかるい
金色の　かみも　ほとんど　見えません。

　リリーは　木の　下に　いるので、すぐに
見つけてもらえるでしょう。

　でも、木の　上の　アイビーと　ムササは？

「いつかは、だれかが　きてくれるさ。
　ぼくたちは　2週間しか　かりられないんだ。
期限が　くるまえに、さがしにきてくれるよ。」

ムササが　いいました。

　2週間だなんて、まるで　えいえんです。

こんな　ひどいことってないわ。

アイビーは　思いました。

　そのとき、雨が　ふってきました。

　夜になると、アイビーは　ムササの

ぬれた　毛に　頭を　のせて　やすみました。

　だれも　こなかったら、

どうなってしまうのでしょう？

　アイビーの　おさげがみは、つめたい　風で

くしゃくしゃに　なってしまうでしょう。

ふくは　色あせて　ぼろぼろに　なるでしょう。

雪が　ふってきたら、ふたりを

おおいつくしてしまうでしょう。

　そして　にどと　アンにも　あえないのです。

「子どもが　なげても、いつもは　その子の

　手に　ちゃんと　もどるんだけどね。

　こんなに　上まで　とんできたのは

はじめてだ。

　たすけにきてくれて、ありがとう、アイビー。」

　ムササが　いいました。

「ムササこそ、わたしを

　たすけてくれて　ありがとう。

　もし、ムササの　上に　のらなかったら、

　手や　足が　こわれていたかもしれない。」

　アイビーが　おれいを　いいました。

「ぬいぐるみは、手や　足は　こわれないんだ。

　ぬのが　やぶれることは　あるけど、

　また　ぬいなおしてもらえばいい。

　きみが　いて　よかったよ、アイビー。

　ふたりなら　心づよいからね。」

　ムササは　にっこり　しました。

　アイビーの　気もちは

あたたかく　なりました。

　おもちゃの　ともだちなんて、いままで
いませんでした。

　たとえ　みんなから　わすれられたって、
ふたりは　いっしょです。

「わたしも　ムササが　いてくれるから、
　心づよいわ。」

　ともだちが　いるから、ゆうきが　わく。

　アイビーは　そう　かんがえて
にっこり　しました。

　すると、いいことを　思いつきました。

「もしかしたら、だれも　たすけに
　こないかもしれない。

　だから、ふたりで　なんとかしない？」

　アイビーは　いいました。

「どうするの？」

　ムササが　たずねます。

「あなたは　ムササビでしょう？

　てことは、とべるんじゃない！」

「いいや。フクロウさんの　いうとおりなんだ。

　とべるって　いったけど、ほんとうは、下へ

　とびおりることしか　できないんだよ。」

　ムササは　かなしそうに　いいました。

「あら、それで　じゅうぶんよ！」

　アイビーは　にっこり　しました。

「ほんと？」

と、ムササ。

　アイビーは　うなずきました。

「だって、わたしたち、その　下へ

おりたいんだもの。」

7
パラシュートのように

　アイビーは　ムササの　首に、りょう手を
ぎゅっと　まきつけました。
「じゅんびは　いい？　いくわよ、そーれ！」
　アイビーの　声で、ムササは　えだを
けりました。手足を　思いきり　ひろげます。
手と　足の　あいだに　ある　まくが、
パラシュートのように　空気を　とらえます。
「イエーイ！」
と、ムササ。

アイビーは　しっかり　目を　ひらいて、
ぎゅっと　つかまっています。
　ムササは　えだや　はっぱに
ぶつからないように、からだの　むきを
ひょいひょい　かえていきます。
「わーい！」
と、アイビー。
　ふたりは　じめんに　どさっと　おちて、
ひっくりかえりました。
「だいじょうぶ？」
　ムササが　ききました。
「だいじょうぶじゃないわよ！」
　リリーが　なきそうな　声を　だしました。
「雨で　かみの毛が　ぐっしょり！
　はっぱだらけだし！　それに、わたし──」

リリーは　ふるえました。

「どろんこ！」

「ぼく、アイビーに　だいじょうぶって

　きいたんだよ」

と、ムササ。

　アイビーは　りょう手、りょう足を

うごかしました。

　よかった、どこも　こわれていません！

「だいじょうぶよ。すごかったね！」

「じょうだんじゃないわ。

　すごくも　なんともないわよ！

　夜だし。雨も　ふってるし。

　わたしたち、わすれられちゃったのよ。

　もう、ファーンの　せいよ！」

　リリーは　はなを　すすりました。

アイビーは　いいかえしました。
「そんなこと　ない！

　ソフィーと　イーサンが　くるまで、

　ファーンと　わたしは　とっても

　うまく　やってたんだもの！」

「ファーンは、あんたなんか

　かりたくなかったんじゃない。」

　リリーは　つめたく　いいました。

　アイビーは　だまってしまいました。

　リリーの　いったことは　ほんとうです。

ファーンは　アイビーを　かりたくなかったし、

アイビーも　かしだされるのは　いやでした。

　でも、なにかが　かわったのです。

　アイビーは、また　だれかと　いっしょに

あそぶのが　たのしくなっていました。

ファーンは　こう　いっていました。
「いつもは　にんぎょうあそびなんて

　しないんだけど、あんたは　なんとなく──」
なんとなく、なに？
　アイビーは　つづきが　しりたくて
たまりませんでした。

「ごめん。あんなこと　いうんじゃ

　なかったわ。わたし、

　わすれられたことなんて　なかったから。」

　リリーが　そっと　いいました。

「わたしは　あるの。」

　アイビーが　いいました。

　ムササと　リリーは　いきを　のみました。

　アイビーは　うなずくと、はなしだしました。

「はこに　いれられたまま、ずっと

　ながいあいだ、わすれられてたの。

　さびしくて、かなしくて、だけど──」

　ムササと　リリーは　びっくり　しています。

　だけど？

　アイビーは、だけど、なんて

いうつもりは　ありませんでした。

わすれられるなんて、このよで　いちばん、
ひどいことじゃ　ありませんか？
　わすれられるって、さびしくて、かなしくて、
だけど──。
　アイビーには、たくさんの　あたらしい
ともだちが　できました。
　また、子どもと　いっしょに　あそべました。
ゆうかんな　ぼうけんも　しました。
　アイビーは　ほほえみました。
「わすれられるって、もういちど
　　見つけてもらえるってことよね。」

8

ファーンの 気もち

夜のうちに 雨は やみました。

星も でてきました。

それから、アイビーは ピンクと 金色の
夜明けを 見つめました。

こんなに うつくしいものを
見たことが ありませんでした。

とりの 歌声や、リスの おしゃべりも

ききました。

上のほうでは、木のはが さわさわ

音を たてています。

アイビーは　目を　とじて、

木の　上から　見た　けしきを

思いだしました。

「ひとばんじゅう　外に　いたんだね。

　まるで　ほんものの　ムササビみたい！

　ムササビって、夜行性の　どうぶつなんだよ。」

　ムササが　ほこらしげに　いいました。

　アイビーは　目を　あけました。

「木の　上からの　ながめは　すごかったなあ。

　ぜったい　わすれない！」

　ふたりは　リリーに　目を　やりました。

　リリーは　かたを　すくめました。

「わたしは、はじめて　どろんこに　なったわ。」

「ほんと？」

　アイビーは　びっくり　しました。

「リリーのことを　かりた　子どもと、

　にわで　あそんだことないの？」

「ないわ。」

　リリーは　首を　ふりました。

かわいそうに、

と　アイビーは　思いました。

「よごれるのは　外がわだけ。

　リリーの　なかみが　かわるわけじゃないの。

　わたしの　ブーツは　なんども

　どろんこに　なったけど、そのたびに

　アンが　タオルで　ふいてくれたのよ。」

「ぼくは　せんたくきで　あらえるんだ。

　タグに　そう　かいてあるよ。」

　ムササが　タグを　見せました。

「せんたくきＯＫ、ね！　あらったら、

　こんどは　かんそうきで　ぐーるぐる。

　なかは　あったかくて　いい気もちなんだ。

　かわいたら　ふわふわで

　いい　においに　なる。」

「しーっ！　だれか　くるわ！」

　リリーが　いいました。

　足音が　きこえてきます。

　なんと　ファーンでした！

　おとうさんが　大きな　はしごを　かかえて、

いっしょに　あるいてきます。

「アイビーに　ムササ！　ふたりとも　いる！

　どうやって　木から　おりたのかしら？」

　ファーンは　アイビーを　ひろいあげて、

手や　足を　うごかしました。

「よかった、どこも　こわれてない！」

「風で　とばされたんだろう。」

　おとうさんは　はしごを

じめんに　おきました。

「これは　なんだい？」

リリーが　すわっているところには、

まつぼっくりや　まつの　えだが

ばらばらに　ちらばっています。

　それは、ファーンが　つくった

ようせいの　家でした。

　すっかり　こわれて、

小石の　道だけが　のこっています。

「アイビーの　ために、

　ようせいの　家を　つくりたかったの。

　だけど、ソフィーが　となりに

　リリーの　キャンプ場を　つくるっていうし、

　イーサンが　ムササを

　木の　上に　なげちゃうし。どうして

　あの子たち、じゃまばっかりするの？

　わたし　ひとりで　あそんでたら、

こんなことに　なってなかったのよ。」

ファーンが　いいました。

「そうだな。ソフィーも　イーサンも、

　ファーンが　きたから、

　うれしくて　はしゃいじゃったんだよ。」

おとうさんは　いいました。

「でも、いっしょに　あそぶときは、

　あの子たちの　いいなりよ。

　なんでもかんでも

　ゆずらなくちゃ　いけないのは、

　ひどいと　思う。」

ファーンは　おとうさんを　見あげました。

「ほんとうに　がまん　できないのは、

　おとうさんを　ゆずらなくちゃ

　いけないこと。ソフィーと　イーサンは、

いっしょに　すんでいるから、毎日

おとうさんと　あえるじゃない。わたしは、

ながい　休みのときにしか　あえないのに。」

　おとうさんは、ファーンの

かたを　だきました。

「ごめんな、ファーン。」

「さびしいの。」

　ファーンは　おとうさんに

頭を　もたせかけました。

「おとうさんも　さびしいよ。

　あえない日は　いつも　さびしい。

　だけど、すこしずつ　かえていかなくちゃ。

　ここに　いるときには、

　たのしい　気もちで　いてほしいんだ。」

　ファーンは　おとうさんを　だきしめ、

おとうさんも　ファーンを　だきしめました。
「ファーンの　気もちが　わかって　よかった。

　どうしたら　うまく　いくか、

　かんがえてみようじゃないか。」
「うん。」

　ファーンは、森の　なかで　なにかが

うごいたのに　気がつきました。

　ソフィーと　イーサンが、木の　うしろから

のぞいていたのです。

かくれようと　していたのですが、

木が　ほそいので、すがたが　まるみえでした。

　おかしくて、ファーンは

くすくす　わらいました。

「どなったりして、ごめんね。」

　ファーンが　ふたりに　いいました。

「あたし、いっしょに　あそびたかったの。」

　ソフィーが、木の　かげから　でてきて

いいました。

「わたしも、ときどきは

　いっしょに　あそびたいのよ。でも、

　ひとりで　なにか　したいときも　あるの。

　こんどから、あそべる？　って

　きいてほしいな。」

　ファーンが　いいました。

　ソフィーと　イーサンは、こっくりと

うなずきました。

　ファーンは、ふーっと　いきを　はきました。

自分の　気もちを　人に　はなすのは

むずかしいことでしたが、ちゃんと　いえて

ほっとしました。

「ソフィー、たとえば　たんすなんだけど、

　下の　ひきだしの　ひとつは、わたしだけが

　つかえるように　してもらいたいの。

　ソフィーが　かいたものが　はいっていると、

　ああ、わたしは　ソフィーの　へやの

　おきゃくさんなんだなって　かんじちゃうの。

　ここに　いても　いいのかなって。」

「そんな。あたしは、ファーンが　きてくれて

　うれしいって、いいたかっただけなの。

　これからは　気をつけるね。」

　ソフィーが　いいました。

　おとうさんが、どうしたら　うまく　いくか

かんがえようと　いったことを、

ファーンは　思いだしました。

「いいこと　かんがえた。

おとうさん、ホワイトボードを

へやに　おいても　いい？

ソフィーが、わたしに　つたえたいことを

かけるように。わたしも　ソフィーに

つたえたいことを　かけるし。」

「すごい！」

　ソフィーが　いいました。

「それは　いい　かんがえだ。

　週末に　ホワイトボードを　かいにいこう。」

　おとうさんは　いいました。

「それと、ようせいの　家は

　だめになった　わけじゃ　ないのよ。

　また　くみたてれば　いいだけ。」

　ファーンが　いいました。

「あたし、おてつだい　する！」

そう　いってから、ソフィーは　あわてて
口を　つぐみました。

　そして、うつむきがちに　いいました。

「ファーン、おてつだいしても　いい？」

　ファーンは　にっこり　しました。

「いいよ。」

「ちょうどいい　まつの　えだを　さがして

　やろう。」

　おとうさんが　いいました。

「もっと　石　あつめるね！」

と、イーサン。

「リリーと　いっしょに、まつぼっくりを

　さがそうっと！」

　そのあと、ソフィーは　つけくわえました。

「リリーは、外あそび　だいすき

おひめさまだから！」

　アイビーは、リリーが　ふん、と　いったのを

ききました。

　でも　こんどのは、いやがっているようには

きこえませんでした。

　アイビーは、リリーの　どろんこの　顔を
見てみました。

　ながい　かみには、まつの　はが　何本も

ささっています。

　でも、目が　きらっと　ひかったのは、
うれしなみだでした。

　さいこうの　思い出だわ。

　ぜったいに　わすれない。

と、アイビーは　思いました。

9
かしだされるのは、
すてきなこと

　その夜、ファーンは　せんめんじょで、
アイビーを　あわの　おふろに　いれました。
　あたたかい　ぬれタオルで、ブーツも
きれいに　しました。
　アイビーの　かみに　ブラシを　かけ、
おさげに　あみました。
　そして、ミシンの　つかいかたを
ニコルママに　教わりながら、
アイビーの　パジャマを　ぬいました。
そのあいだ、アイビーの　セーターと

ズボンは、せんたくきと　かんそうきに

はいっていました。（ムササと　いっしょにね！）

　そのあと、ファーンは　アイビーを

ベッドに　ねかせ、毛ふで　くるみました。

へやの　むこうがわでは、ソフィーも　リリーを

ベッドに　ねかせ、毛ふで　くるんでいます。

　ファーンは　本を　ひらき、声に　だして

読みました。

「むかしむかし、シンデレラと　いう　女の子が

　いました。」

　ファーンの　声を　ききながら、アイビーは

ものがたりを　思いうかべました。

　リリーは、いちども　ふん、と　いいません。

シンデレラが　だんろの　はいを　そうじして、

はいだらけに　なってしまったときにも。

よごれるのは　外がわだけ。

アイビーは　思いました。

ものがたりの　とちゅうで、おとうさんが

ドアを　あけ、いっしょに　きいていました。

ファーンが　読みおわるまで、へやに

はいらずに　まっています。

「そして　ずっと、しあわせに　くらしました。」

　ものがたりが　おわると　おとうさんは

はいってきて、ソフィーと　ファーンの

おでこに、おやすみの　キスを　しました。

「ふたりとも、おやすみ。

　ニコルと　そうだんして、あしたは

　みんなで　海へ　行こうと　思うんだ。

　どうだい？」

「行きたい！」

　ソフィーが　いいました。

　ファーンも　うなずきました。

「アイビーも　つれていっていい？」

「もちろん。ただし、もう　木に

　のぼっちゃ　だめだよ！」

おとうさんは　アイビーの　小(ちい)さな
おでこにも　キスを　しました。
「アイビーは　ぼうけんが　だいすきなの。」
　ファーンは　アイビーの　頭(あたま)に、ほっぺたを
すりつけました。
　おとうさんは　ほほえみました。
「そうだ、ファーン、あした　海(うみ)に　行(い)ったら、
　ふたりで　ちょっと　さんぽしないか？
　おとうさんと　ファーンだけで。」
　ファーンは　にっこり　しました。
　おとうさんが　あかりを　けして
行(い)ってしまうと、ファーンは
ソフィーに、おやすみと　いいました。
「あした、バケツを　もっていく？
　リリーのために、すなの　おしろを

102

つくれるよ。」

「アイビーには？」

　ソフィーが　ききました。

　ファーンの　となりで　ぬくぬく　しながら、
アイビーは　思いだしていました。

　と　いっても、アンと　はじめて
であった日から　思い出を
たどっていたわけではありません。

　思いだしているのは、ようせいの　家や
　木の　上からの　ながめ。

ムササと　木から　とびおりたこと。

あたたかい　あわの　おふろ。

そして、ファーンと　毛ふに　くるまって、
ものがたりを　きいたこと。

かしだされるのって、

　そんなに　わるくないかもしれない。

と、アイビーは　思いました。

　そうです、かしだされるのは、

とっても　すてきなことなんです。

10
アイビーの 日記ちょう

　2週間が　すぎ、ファーンが
おかあさんの　家に　もどる日に　なりました。
おかあさんと　犬の　ダスティには
もちろん　あいたいのですが、おとうさんや
ニコルママ、イーサン、ソフィー、
そして　アイビーに　あえなくなるのは
さびしいに　きまっています。
　アイビーは　図書館へ　かえされます。
　図書館に　つくと、イーサンは
ムササの　日記ちょうに　かいた　絵を、

アンに　見せました。

　ムササが　木の　あいだを、上へ下へと

とびまわっています。

「ムササは、ほんものの

　　ムササビだったんだよ！」

「リリーは　海へ　行ったの！　リリーは、

　　外あそび　だいすき　おひめさまだから。」

　ソフィーも、アンに　絵を　見せました。

リリーが　ムササや　アイビーと　いっしょに、

すなの　おしろを　つくっているところです。

　ファーンは、アイビーの　日記ちょうの

さいしょの　ページを　めくりました。

　そして、

「むかしむかし、アイビーと　いう　名前の

　　にんぎょうが　いました。」

と、声に　だして　読みました。

　アイビーが　ようせいの　家に　いる　絵と

おはなしが　ありました。

海へ　行った　おはなしも。

公園で　すべりだいを　すべっているところも。

にわの　ぶどうの　木に　のぼって、ファーンが

本を　読むのを　きいているところも。

　ファーンは　５ページも　かいたのです！

「ニコルママと　いっしょに、

　アイビーの　パジャマも　つくったの。」

　ファーンは　いいました。

「たんすの　わたしの　ひきだしに

　しまったの。こんど　また

　おとうさんの家に　きたときに、

　アイビーに　きせられるように。」

　こんど　また！

　アイビーは　うれしく　なりました。

「くるときには、教えてちょうだい。アイビーを

　かしださないで　とっておくから。」

　アンが　いいました。

　ファーンは　さいごに　もういちど、

アイビーを　だきしめました。

「わたし、にんぎょうあそびなんて　あんまり

しないんだけど、あんたのことは　すきよ。
だって、はなしを　よく　きいてくれるし、
わたしの　すてきな　ともだちだから。」
　ファーンは、アイビーの　耳もとで
ささやきました。
　アイビーは　むねが　いっぱいに
なりました。
〈ブック・フレンド〉のたなに
ならべられるのも、気になりませんでした。
　おもちゃの　ともだちに　また　あえるのが、
うれしかったのです。
「おはなしの　時間ですよ！」
　アンが、図書館にいる　親子に
よびかけました。
「きょうは　おたのしみが　あります。

109

これから　にわが　でてくる　本を
読みます。そして、にわに　かんけいのある
あたらしい　おもちゃを、
〈ブック・フレンド〉の　たなに　むかえます。
きょうの　とくべつゲストは、
その　おもちゃです。」
あたらしい　おもちゃ？
みんなは、アンが　バッグから　なにを
とりだすのか、首を　のばして　見つめます。

アイビーに　見えたのは、

白くて　ながい　ひげと、

むらさき色の　とんがりぼうしでした。

「どうしても　つれてきたかったの！

　にわの　こびと、ノームです！」

　アンが　いいました。

　アンが　親子を　おはなしの　へやへ

つれていくと、アイビーは　にっこり　しました。

　アイビーは　もう、すっかり

〈ブック・フレンド〉の　なかまです。

　かしだされるって　すてきなことよと、

ノームに　教えてあげたくて、うずうず　します。

はじめのうちは　こわかったり、

たいへんだったり　するかもしれません。

　でも、さいごには

すばらしい　思い出に　なるのです。

「行っちゃったかい？」

　ユニコーンの　キラリが
足を　のばしながら　ききました。

「かしだし、すごく　たのしかったよ。

　おもちゃの　車を　うんてんして、

　にんぎょうの　家で　ねたんだ。」

　ネズミの　マルコ・ポーロが　いいました。

「犬に　くわえられて、

　外に　つれていかれちゃった！」

と、ひよこの　ピッピ。

「しんぱいで、しんぞうが

　はりさけそうだったわ！

　その家の子が　すぐに　見つけてくれたから、

　ほんとうに　よかった。あやうく　じめんに

うめられるところだったのよ！」

　めんどりの　コッコが　いいました。

「あれ、すごかったなあ！」

　ピッピが　うなずきました。

「わたしは　どろんこに　なったの。

　よごれるのは　外がわだけって、しってた？

　どろや　すなは、あらえば　おちるのよ。」

　リリーが　いいました。

「ぼくと　アイビーは、木の　えだに

　ひっかかっちゃった。それで　ぼく、

　アイビーを　せなかに　のせて、

　とんだんだよ。だって、ぼくたち、

　下へ　おりたかったからね。」

　ムササが　フクロウさんに、ほこらしげに

わらいかけました。

「その夜、わたしたち、わすれられちゃったの。」

リリーが　しょんぼりと　つけくわえました。

　おもちゃたちは　びっくり　しました。

「うそでしょ！　おもちゃにとって、

　それいじょう　かなしいことって　ないわ！」

　コッコが、ピッピの　耳を　つばさで

かくしました。

「ほんとに　かなしかったわ。

　でもね、アイビーが　いったの。

　わすれられるって、もういちど

　見つけてもらえるってことだって。」

　リリーが　いいました。

「ほんとに　また　見つけてもらったよ！」

　ムササが　いいました。

「ワーオ、すごい　ぼうけんだったね！」

　クマくんが　いいました。

　フクロウさんも　うなずきました。

「アイビー、はじめての　かしだしは

　どうじゃったかな、ホー？」

　アイビーは　しばらく　かんがえました。

　たしかに　すごい　ぼうけんでした。

　たいへんなことも　ありましたが、

わくわく　することが　たくさん　ありました。

　なにから　はなせばいいのか、

まよってしまうくらいです。

　そこで、いまの　気もちを

はなすことに　しました。

「わたし……。」

　おもちゃたちは　みんな、

まえのめりになって　耳を　かたむけます。
　アイビーは　にやっと　わらいました。
「わたし、また　かしだされるのが　たのしみ！」
　おはなしの　時間が　おわるころには、
アイビーは　もう　ユニコーンの　キラリの
しっぽの　うしろに
かくれてはいませんでした。
　子どもたちから　よく　見えるように、
せなかを　のばして　すわっています。
はなしを　よく　きく、
すてきな　ともだちに　なるよって、
みんなに　わかってもらいたいのです。
　ブーツが　どろんこに　なることは、
ちっとも　いやじゃありません。
　だれかに　かりてもらいたい、

と　つよく　思っています。

　アイビーの　日記ちょうには、まだまだ
まっ白な　ページが　たくさん　あって、
子どもたちが　ぼうけんの　かずかずを
たっぷり　かきこめます。

　アイビーは　いっしょに　あそび、本を
読んでもらい、はなしを　よく　きいてあげる、
とくべつな　ともだちに　なるのです。

　かしだし期間が　おわれば、アイビーは
図書館にいる　アンや、〈ブック・フレンド〉の
なかまたちのもとへ　もどってきます。

　その　くりかえしです。

　そうして　ずっと　図書館に　くる
たくさんの　子どもたちと、しあわせに
くらすのです。

作 シンシア・ロード

米国ニューハンプシャー州出身、メイン州在住。夫と娘、自閉症の息子
とともに暮らす。教職、書籍販売を経て、作家となる。デビュー作『ルー
ル!』(主婦の友社)でニューベリー賞オナー他多くの賞を受賞。

絵 ステファニー・グラエギン

米国イリノイ州出身、ニューヨーク州在住。子ども時代は絵を描くことと、
動物たちを集めることに熱中。メリーランド美術大学卒業後、プラット美
術学校で版画制作を学ぶ。主な作品に『おじゃまなクマのおいだしかた』
(岩崎書店)、『わたしを わすれないで』(マイクロマガジン社)などがある。

訳 田中 奈津子

翻訳家。東京都生まれ。東京外国語大学英米語学科卒。主な訳書に『は
るかなるアフガニスタン』(講談社、第59回青少年読書感想文全国コンクール課
題図書)、『エミリーとはてしない国』(ポプラ社)などがある。

ブック・フレンド①

図書館のぬいぐるみがします
わたしのいるところ

2024年1月　第1刷
2024年4月　第2刷

作　　シンシア・ロード
絵　　ステファニー・グラエギン
訳　　田中 奈津子

発行者　加藤裕樹
編　集　林 利紗
発行所　株式会社ポプラ社
　　　　〒141-8210 東京都品川区西五反田3-5-8
　　　　　　　　　JR目黒MARCビル12階
　　　　ホームページ www.poplar.co.jp
印刷・製本　中央精版印刷株式会社

装　丁　坂川朱音(朱猫堂)
本文デザイン　坂川朱音+小木曽杏子(朱猫堂)

ISBN978-4-591-18037-2
N.D.C.933 /119P/22cm
Japanese text©Natsuko Tanaka 2024
Printed in Japan
P4179001

めんどりのコッコと
ひよこのピッピ

フクロウさん

クマくん

ユニコーンの
キラリ

ネズミの
マルコ・
ポーロ

リリー

ムササビのムササ